Emile LUTZ

Poèmes errants

ÉDITIONS DE LA *REVUE DES POÈTES*

Librairie Académique PERRIN et Cie

Poèmes errants

Emile LUTZ

Poèmes errants

ÉDITIONS DE LA *REVUE DES POÈTES*
35. Quai des Grands-Augustins, 35
PARIS VIe

MCMXXVIII

I

SOUS LE MASQUE DE LOU-TE-SSEU

« Mandarin Vertueux du Royaume de Lou »,
Lou-Té-Sseu fut mon nom dans le Céleste-Empire !
Nom plus lourd à porter qu'une cangue à mon cou !
O Pinceau, pouvais-tu m'en dessiner un pire !

E. L.

ART POÉTIQUE

« L'aspect pictorial des carac-
« tères ajoute un intérêt nou-
« veau à la poésie chinoise
« pour celui qui retrouve l'ob-
« jet sous sa figuration sty-
« lisée. »

G. Soulié de Morant.

Li-T'ai-Pô dit à son élève :
— « Ton quatrain, rythmé savamment
Et dont la musique de rêve
Fait honneur à ton instrument,

Aux quatres sources de l'espace
Emprunte un double écho subtil...
Le chanteur, en toi, se surpasse !
Le calligraphe le vaut-il ?...

Quand sur le papier, goutte à goutte,
Ton chant se cristallise en noir,
Songe au profane qui t'écoute
Moins qu'au lettré qui saura voir !

De la ligne avant toute chose !...
Un vers n'est jamais oublié
Lorsque s'y mêle à juste dose
Le plein avec le délié !

Choisis les mots dont la structure
Evoque en nous le thème écrit ;
Chacun a son architecture
Propre à séduire notre esprit !

Soigne ainsi la forme rebelle
De la pensée, où tout se fond :
Car plus l'apparence en est belle,
Plus le sens en devient profond !

Relis ceux du siècle classique
— Et je t'y convie à dessein — :
Leurs poèmes ont leur musique ;
Mais ils ont surtout leur dessin !

Chez eux le réseau lourd d'un signe
S'allège d'un trait vertical ;
Puis tel jambage en col de cygne
Les rejoint d'un geste amical !

Et leur verve est toujours vêtue
D'une moire d'ombre et d'argent
Où tranchent : « Narcisse » et « Tortue »
En un style au reflet changeant !

Puisqu'à l'ivresse de l'oreille
Elle ajoute celle des yeux,
A-t-elle au monde sa pareille
Notre langue digne des dieux ?

De l'obscure prison du livre
Où d'autres dorment sans retour,
L'artiste à jamais la délivre
Et la fait renaître au grand jour !

Aux flancs mêmes de la substance,
Par le pinceau, par le burin,
Il déroule au soleil la stance
Dans tout son éclat souverain !

Brodés sur l'étendard, qui claque
Au vent des quatre lieux du Ciel,
Ou gravés au cœur de la laque
En leur contour essentiel,

Les adages et les maximes
Tressent les brins d'or de leurs nids
Comme font les oiseaux des cimes
Entre deux essors infinis !

Parmi les emblèmes des Sages
Et les hommages aux « Trois Purs »,
Dans les nuageux paysages
Que nous suspendons à nos murs,

Relis les sublimes sentences,
Honneur des sources et forêts ;
Leurs conseils et leurs confidences
Forment des fleurs avec des traits !

Tels des chapelets de glycines
Vois le ruissellement des mots
Du haut d'invisibles racines
Descendre au fil des vers jumeaux !

Vois-les fendre la nue épaisse
Pour s'accoupler au pin géant :
Je ne veux point qu'on les rabaisse
A frapper le gong du Néant !

Car les plus obscurs des mystères,
S'ils sont écrits d'un pinceau pur,
Rehaussent de leurs caractères
La clarté même de l'azur ! »...

LAO-TSEU

A Raoul Ponchon.

Laô-Tseu, le cœur plein de l'ivresse du sage,
Dédaigneux de la foule errait sur le chemin
Où chante le printemps ; sa gaule, dans sa main,
Au pas lourd de son buffle en scandait le message !

— « Grand Vieillard, dit soudain quelqu'un sur son passage,
« Ton savoir est profond, mais ton pouvoir est vain
« Tant que tu ne sauras, d'un geste surhumain,
« Déchirer le mystère et semer le présage !

« Réponds : l'été futur sera-t-il pluvieux ?
« Que deviendront nos fils lorsque nous serons vieux ?
« Nos femmes, nous absents, nous sont-elles fidèles ? »

Poursuivant son chemin, Laô-Tseu dit tout bas,
L'œil perdu dans le vol planant des hirondelles :
— « Qui parle ne sait pas ! Qui sait ne parle pas ! »

PIÉTÉ FILIALE

A Suzanne Bérindoague.

En vérité, petits et grands,
Koung-Tseu, pour l'amour sans limite
Que chacun doit à ses parents
Vaut qu'on l'imite :

Un jour qu'elle l'avait battu,
Entendant une plainte amère
Râler sur ses lèvres : - « Qu'as-tu ?
Lui dit sa mère ;

« Toutes les larmes de ton corps
« Ne sauraient laver un mensonge :
« Mon enfant, quel cruel remords
« Ainsi te ronge ? »

-« Je pleure, dit-il à mi-voix,
« Sur votre force qui décline
« Et dont je sens moins qu'autrefois
« La discipline !

« Votre bras aux muscles tremblants
« Que je vois fondre de vieilllesse
« Rend moins douloureux à mes flancs
« Les bleus qu'il laisse !

« Chaque jour plus proche des morts,
« Ma mère, vous tombez au gouffre...
« C'est d'amour et non de remords
« Que mon cœur souffre !... »

LE PETIT EMPEREUR
ET LE GRAND TAMBOUR

A Georges d'Esparbès.

Le petit Empereur criait : — « Pour ma personne
« Je veux le plus grand des tambours !
« Un tambour de géant ! Un tambour qui résonne
« A crever les tympans des sourds !

« Un tambour merveilleux autant pour son bois rare
« Que pour la blancheur de sa peau !
« Un tambour qui dépasse en hauteur un tartare
« A cheval avec un drapeau !

« Mais, loin du bruit des camps et du frisson des tentes,
« Poursuivit Tch'eng-Ti, mon tambour,
« Couvert de diamants aux flammes fulgurantes
« Et de jades fouillés à jour,

« Sera placé dans la Pagode Millénaire,
« Sur les suprêmes chevalets ;
« Et mon peuple croira que le dieu du Tonnerre
« Est enchaîné dans mon Palais ! »

⁂

Respectueusement, Lou-Tien, premier Ministre,
Eleva la voix : — « O Tch'eng-Ti !
« Le ciel vient d'infliger la famine sinistre
« A votre peuple anéanti !

« Or, le son d'un tambour, fût-il une merveille,
« Ne nourrit pas ! Quand on a faim,
« Le ventre est plus sensible aux bienfaits que l'oreille ! »
Tch'eng s'irrita : — « Silence enfin !

« J'ai du riz, du maïs ! Qu'on fauche ! Qu'on saccage !
« Mais je veux avoir mon tambour
« Ou l'on promènera ta tête en une cage
« De Moukden jusqu'à Singapour ! »

— « Soit ! répondit Lou-Tien, mais, pour le bien parfaire,
« Il faut beaucoup de temps et d'or ! »
— « Qu'importe ! s'obstina l'enfant, je te confère
« Le droit d'épuiser mon trésor ! »

Lou fit alors jeter sur les places publiques
Joyaux et lingots par milliers !
Il fit distribuer du riz aux faméliques ;
De la soie aux déguenillés !

— « Tch'eng-Ti, proclama-t-il, sème au vent son Empire
« Et, las de jouer au tyran,
« Fait appel à chacun, au meilleur comme au pire,
« Pour chanter la gloire des Han ! »

Et l'on vit aussitôt, des bas-fonds de la ville,
Des champs déserts, des froids brouillards,
Surgir toute une foule implorante et servile
De va-nu-pieds et béquillards !

C'était, de tous côtés, une course éperdue
Entre l'aveugle et le pied-bot !
La nouvelle s'était plus vite répandue
Qu'autrefois l'édit sur l'impôt !

La distribution durait depuis des lunes
Quand Tch'eng, un soir qu'il soupirait,
Réclama son tambour : — « Paroles opportunes,
Répondit Lou-Tien, il est prêt ! »

— « Il est prêt ! s'exclama Tch'eng-Ti, que ne l'entends-je ?
— « Venez pour que nous en jugions !
« Dit l'autre, car déjà, Seigneur, son charme étrange
« Opère aux Quatre Régions !

« Et Votre Majesté, pour s'en mieux rendre compte,
« Doit, au milieu de ses sujets,
« Elle-même, écouter ce que l'on en raconte !... »
— « C'est vrai, dit l'enfant, j'y songeais ! »

Sitôt qu'il apparut au seuil des murs augustes,
Dans sa robe couleur de miel,
Cent mille hommes tendant vers lui des bras robustes
Clamèrent : — « Salut, Fils du Ciel !

« Grâce à toi les greniers ont vaincu la famine
« Et les désespoirs nébuleux !
« Vois ! Nous avons chassé la boue et la vermine
« Qui souillaient nos vêtements bleus !

« Te voici parmi nous comme, à l'ombre des saules,
« Frêle et rose un lotus naissant !
« O laisse-toi porter, Tch'eng-Ti, sur les épaules
« De ton peuple reconnaissant ! »

Le vieux Ministre, alors, courbé selon le rite,
Prit la parole : — « O Majesté,
« De plus experts que moi, serviteur sans mérite
« Et vieillard féru d'équité,

« Pour un simple instrument, vide entre les plus vides,
« Indigne d'un Fils de Timour,
« Eussent fait écorcher tous les ânes valides
« Du Fleuve Bleu jusqu'à l'Amour !..

« Ils eussent fait venir des monts et de la jungle
« Tous les arbres de tous les choix...
« Moi, conseiller tremblant, humble lettré dont l'ongle
« Se brise au moindre effort des doigts,

« Ayant lu dans Koung-Tseu, (1) dont l'esprit plane et vole
« Sur nous comme un divin encens,
« Que tout désir de Prince est un obscur symbole
« Dont il faut pénétrer le sens,

« J'ai pressenti, Seigneur, en votre envie étrange
« D'un tambour immense et parfait,
« Le vœu qu'on entendit tonner votre louange
« Par tout votre Empire !... C'est fait !

« Et j'ai cru, dût le glaive emporter mon vieux crâne,
« Que votre renom généreux
« Irait battre aux échos bien mieux qu'une peau d'âne
« Clouée au ventre d'un bois creux ! »

***

A ces mots, libéré de l'orgueil séculaire,
Le Fils du Ciel, soudain songeur,
Sentit, penchant son front sur l'âme populaire,
Des larmes féconder son cœur !...

(1) Confucius.

L'IMPERIALE FIANCÉE

A Georges Courteline.

Elle apparaît, divine ! Et la brise, plus douce,
Fait soudain succéder le printemps à l'hiver !
D'un geste elle a conquis le Prince au cœur si fier
Et sa marche au triomphe est d'un paon sur la mousse !

Sa main magique est aussi blanche qu'une pousse
De bambou, sûr présage aux neiges de sa chair !
Son cou d'ivoire vierge, au reflet d'aube en mer,
Surgit du lourd manteau couleur de pamplemousse !

La barberine a les pépins moins bien rangés
Que ses dents !... Radieux sous ses voiles légers
Son front penché ressemble au front de la cigale !

Et, bien qu'à sa beauté pâlissent tous les fards,
Par une modestie à sa splendeur égale
Elle s'est peinte à faire envie aux nénuphars !...

LE JARDIN DES SOUVENIRS

(Epître d'un Mandarin exilé)

A Jacques Ferny.

Vous avez, mon ami, demandé des nouvelles
De ma chère retraite : Odorantes et belles
Sont mes fleurs ; un vent frais souffle sur ma maison
Et, par-dessus mes toits, s'étage l'horizon...
Je vous entends de loin vous récrier ! Naguère
Déjà, blâmant avec raison mon sens vulgaire,
Vous trouviez qu'un ami vous doit d'autres détails
Que ceux qu'on peint en noir sur l'or des éventails !
Soit !

Nous avons tous deux rempli notre carrière ;
Nos routes s'écartaient, retournons en arrière !

Au temps où nous étions de simples bacheliers,
Nos projets, nos espoirs, intimement liés,
S'harmonisaient au gré de nos jeunes caprices !
C'était à Yun-Nan-Fou ; les mauves séductrices
Embaumaient le sommeil des bois environnants !
Les nélombos, cachant l'eau des marais stagnants,
Nous semblaient le symbole idéal qui convie
L'âme humaine à planer au-dessus de la vie!
Rappelez-vous, par contre, au val du Dragon Noir,
La Source d'Amitié, plus claire qu'un miroir ;
Et le roc du Si-Chânn ; et le Temple de Cuivre ;
Chaque soir j'inscrivais mes notes dans un livre ;
De Nan-Ning à Chang-Châ, de Lin-gan à Ta-Li,
Rien de ce que j'ai vu n'est tombé dans l'oubli !
Je voyageais souvent, zélé fonctionnaire,
Et sans cesse, en tous lieux, comme préliminaire
A mon jardin futur, je notais et croquais
Le profil des côteaux, le contour des bosquets,
Le plan des pagodons et la couleur des sources ;
Puis, en disgrâce, avec mes modestes ressources,
J'ai défriché tâchant, sans trop y parvenir,
D'y consacrer un coin à chaque souvenir,
Une île où le rocher, le lotus et l'aigrette
Rappellent à mon cœur les amis qu'il regrette !

C'est au milieu du lac de Tch'eng-Kiang-Fou que j'ai,
Sur l'îlot de Kou-Chann, monstre antique figé,
Isolé ma demeure. Au flanc de ses falaises,
Des sentiers, ombragés de pins et de mélèzes,

Mènent le visiteur au seuil de ma maison ;
Des parterres de sauge empourprent mon gazon
Si bien qu'au fond le lac, dupe du stratagème,
Se fait encor plus bleu que le ciel bleu lui-même !
Des badamiers s'échappe une odeur de benjoin...
Il ne me manque plus que de la neige, au loin,
Pour évoquer devant mes rêves en maraude
Le lac de Ta-Li-Fou, dont les flots d'émeraude
Où viennent s'abreuver les biches et les daims
Reflètent la blancheur des sommets thibétains !...

Si jamais vous veniez, venez après l'aurore :
Au lever du soleil, mes lys dorment encore !
Voulez-vous qu'aujourd'hui, ma main dans votre main,
Non plus comme autrefois au hasard du chemin,
Je vous conduise ? Allons :

Au pied des galeries
Voici mon large étang, dont les berges fleuries
S'ornent de mimosas, de joncs et de roseaux.
La nature a placé l'île au milieu des eaux ;
Moi, pour symboliser l'enchaînement des choses,
J'ai de l'eau dans mon île et, pour les mêmes causes,
Sans que ce soit factice à voir, tout en l'étant,
J'ai construit une autre île au cœur de mon étang ;
Puis, pour l'atteindre, un pont en dos d'âne, à trois arches,
Qui fait d'abord monter puis descendre vingt marches !

Si vous le voulez bien, ayons quelques égards

Pour certain pavillon éloigné des regards ;
Entrons-y : le divan nous offre ses deux couches ;
La lampe entre nos corps, les tubes à nos bouches,
Sollicitons, du suc noirâtre des pavots,
Des rêves de clarté pleins de frissons nouveaux !
Quand nous aurons fumé chacun une trentaine
De pipes, nous irons, d'une marche incertaine,
Saluer la pagode « *Au Trois Cultes Amis* »
Qui trône à la falaise abrupte.

J'ai commis
A sa garde un vieux bonze aux coutumes austères
Qui connaît à lui seul dix mille caractères !
Fô, Koung-Tseu, Laô-Tseu, tous trois au maître-autel,
Portent chacun en main leur emblême immortel !

C'est là que mon cercueil, de laque rouge et noire,
Attend que mon fils Lou consacre ma mémoire !
Puis encore, plus haut, plus bas, sur les côtés,
Du fond de toutes les anfractuosités,
Emergent un kiosque, un vase, une statue ;
La roche est tantôt chauve et tantôt revêtue
De mousse, de lichens et de rhododendrons ;
Un arc inachevé, lourd de blancs liserons,
Ferait croire aux passants que sa ruine fruste
Date du temps des Ming tant son front est vétuste !
Les marches qu'on gravit à travers les rochers
Sont faites de troncs d'ifs ou de blocs détachés !

Depuis le lac jusqu'à la caverne du bonze,
Des éléphants de pierre et des lions de bronze
Ornent la balustrade. Il n'est pas un fronton,
Pas un mur, pas un buste où ne plane un dicton
Propre à faire songer ; il n'est pas jusqu'aux arbres
Qui, meilleurs conseillers encore que les marbres,
Ne parlent au passant ; car le bonze, soigneux
Des rites, sait nouer les rameaux buissonneux
Des jeunes hibiscus ; grâce à quelque torture
Naissent des mots divins, d'infaillible nature,
Dont il prône le sens et l'efficacité
Puisqu'ils disent « Vertu », « Bonheur », « Longévité » !

Ami, j'avais songé vous peindre une aquarelle
Mettant chaque nuance à sa valeur réelle,
Peinture où j'aurais mélangé l'azur, le blanc,
Au vert piqué de jaune et de rouge sanglant ;
Peinture où la tortue aux étranges écailles
Aurait mis du mystère au flanc creux des rocailles ;
Où les pointes des toits recourbés vers le ciel
Auraient semblé n'avoir de rôle essentiel
Que celui de veiller au bleu du paysage
En accrochant partout les brumes au passage ;
Puis, en y songeant bien, je me suis dit qu'envers
Un lettré tel que vous sied le poème en vers :
Les teintes de mes fleurs en seront moins fidèles
Mais vous reconnaîtrez mon cœur au milieu d'elles !...

MUSICIENS AMBULANTS

A Jean Ajalbert.

Aux lisières d'un champ de cannes,
Sur les berges du Ta-Tchen-Hô,
J'ai retrouvé les trois tziganes
Chantés par Nicolas Lénau.

Au lieu du colback au poil fauve
Qu'un plumet hardi fait valoir,
Ils portaient la calotte chauve
Au bouton rouge sur fond noir ;

Au lieu du violon valaque,
Tendre sous son vernis flambant,
Ils avaient le san-hienn de laque
A la table en peau de serpent ;

Mais, comme eux, portant au visage
Le mâle orgueil du baladin,
Ils semblaient faire à mon passage
Une aumône de leur dédain !

C'était à l'heure de la sieste,
A l'ombre de trois caroubiers ;
L'argile du plateau céleste
Leur dorait la plante des pieds.

Le premier, grave et monotone,
Dans la langue du grand Timour,
Tel un aveugle qui tâtonne,
Chantait obscurément l'amour ;

La rive accueillant dans ses conques
L'écho berceur de son sommeil,
Le deuxième rêvait de jonques
En fête sur le flot vermeil ;

L'espace au front, la terre au ventre,
Hier, demain, comme aujourd'hui,
L'autre fumait sa pipe, au centre
D'un univers créé par lui !

Et j'admirais l'insouciance
De ces glaneurs de l'Incertain,
Riches et forts de la science
De vivre au foyer du destin

Et dont la foi, toute embaumée
Du triple mépris du Réel,
Montait, chanson, rêve et fumée,
Vers l'accueil ignoré du Ciel !...

LA FALAISE ROUGE (1)

A Silvain.

L'an Jenn-Syu, par un soir de la Septième Lune,
Quelques amis et moi nous ramions en sampan
Vers la Falaise Rouge ; aux contours de la dune
Le fleuve sinueux déroulait son ruban.

Si calme était le soir, si douce était la brise
Qu'un linceul d'huile s'étendait sur les flots morts ;
Tirant des peaux de bouc le cher vin qui nous grise,
Nous en avions rempli nos coupes jusqu'aux bords !

(1) Inspiré d'un récit en prose de Sou-Toung-P'ô, écrivain chinois du 12e siècle. L'an Jenn-Syu correspond à l'an 1081 de notre ère.

Le guerrier-poète Ts'aô est un héros légendaire, tué à la bataille de la Falaise Rouge.

Comme nous invoquions la lune au blanc mystère
Nous vîmes apparaître, à l'horizon changeant,
Sur les crêtes, parmi les feux du Sagittaire,
Son visage baigné d'un sourire d'argent.

Un long voile neigeux couvrit la berge basse :
La nuit ne forma plus qu'un idéal tableau
Où nous voguions en rêve, au milieu de l'espace,
Entre l'or de l'azur et son reflet dans l'eau !

Et rythmant la mesure, ainsi qu'aux mimodrames
Fait le meneur des tç'inns je chantai : — « Mes amis,
« Ma godille est en bois de cannelier ; vos rames
« Sont des magnolias aux parfums endormis !

« Ensemble frappons-en la clarté mensongère
« Des flots ! Que notre esquif en remonte le cours
« Plus vite que l'oubli, sur sa jonque légère,
« N'emporte le fantôme éteint de nos beaux jours !

« Où sont-ils nos beaux jours pleins d'aurores futures ?
« Ont-ils rejoint, avec nos aieux créateurs,
« O rames de bois mort, les antiques boutures
« Que gonflait le mystère enfui de vos senteurs ?... »

Et tandis que la barque, à mon gré balancée,
Inclinait vers le flot le feu de son pavois,
La flûte d'un ami, poursuivant ma pensée,
Joignait sa mélodie aux plaintes de ma voix !

Célébrant tour-à-tour la tristesse et la joie,
L'amitié méconnue et l'amour détrompé,
Ses sons, évocateurs du passé qui nous noie,
Se prolongeaient au loin comme un fil non coupé !

Le dragon, dont l'échine avoisine la plage,
En trembla sourdement dans son antre songeur ;
Et comme nous longions la rive d'un village
Nous en vîmes pleurer la veuve d'un pêcheur !

Et moi-même, saisi d'une angoisse profonde,
Je murmurai tout bas : — « Ami, quel est ce chant ? »
Il répondit : — « Le ciel est haut! L'onde est profonde!
« Les corbeaux ont taché la gloire du couchant ! »

– « N'est-ce pas la chanson de Ts'aô ? « m'écriai-je !
— « Oui c'est elle, dit-il, qu'au soir, au glas du gong,
« Chacun répète encor dans la province ou siège
« Le puissant Fils du Ciel ! Honneur à Yuen-Fong !

« Mais, huit siècles passés, trahi par un infâme,
« C'est ici que Ts'aô, son sang dans une main,
« Dans l'autre son pinceau, laissa couler son âme
« Sur du papier de riz en strophes de carmin !

« C'est sur ces mêmes bords que des forêts de piques
« Et d'étendards flottants aux couleurs d'autrefois
« Vengèrent sa défaite en des combats épiques !...
« Où donc es-tu, Ts'aô ?... Réponds à notre voix !...

Mais nous-mêmes ici, pêcheurs posant la nasse,
Braconniers en campagne ou poètes diserts
Qui ne sommes, devant la mortelle menace,
Que les frères égaux des carpes et des cerfs ;

« Nous-mêmes qui dans l'outre où l'automne fermente
« Cherchons ce soir l'oubli de nos maux vigilants ;
« Nous-mêmes qu'une soif d'éternité tourmente,
« Amis, où serons-nous, nous-mêmes, dans mille ans ? »

***

— « Compagnons, répondis-je après un court silence,
« Que nous sert de pleurer sur l'inconnu béant !
« Savons-nous si le Ciel compare, en sa balance,
« La volupté d'une heure à l'éternel Néant ?

« Voyez l'astre d'un mois et le flot d'un automne
« Décliner ; chacun d'eux, pourtant, croît ou décroît
« Sans fin, suivant que l'aube ou la saison l'ordonne,
« Perpétuel retour qu'inspire un cycle étroit !

« Pleure-t-on le ruisseau qui fléchit sous la berge ?
« Un orage, demain, lui rendra son vieux cours !
« Pleure-t-on le croissant que l'horizon submerge ?
« Il disparaît souvent ; mais il revient toujours !

« Bien qu'aimé de Chang-Ti, maître de la Matière,
« Ts'aô n'en fut pas moins couché sous les moissons !

« Savons-nous si son âme est morte toute entière ?
« Ne revit-elle pas, ce soir, dans nos chansons ?...

« Quand je songe à l'Aieul, que la tombe recèle,
« Comme vous j'ai la gorge en proie aux lourds sanglots !
« Amis, songeons au Tout dont il fut la parcelle :
« La goutte d'eau n'est plus; mais nous avons les flots !

« Ce que lui, défenseur du palais et du bouge,
« Ne put réaliser nous échappe à jamais ;
« Mais la lune, qui veille à la Falaise Rouge
« Sur son ombre attachée au flanc des purs sommets,

« Est à moi comme à vous, autant qu'à Fô lui-même !
« C'est le trésor changeant, mais jamais dispersé,
« Qui relie en nos cœurs, ô sublime poème,
« L'avenir près d'éclore à l'immortel passé !...»

∴

Comme nous nous taisions, ma source favorite
Chanta sous les bambous du bord occidental ;
Mes amis, souriants et soucieux du rite,
Y rincèrent trois fois nos coupes de métal ;

Aussitôt, revenus du grand songe morose
A l'outre où, prisonnier, l'automne s'agitait,
Nous bûmes à l'envi de notre cher vin rose
Sans nous apercevoir que l'aurore montait...

II

PETITS POÈMES DU SOLEIL LEVANT

L'OMBRE D'UNE FLEUR

A E. M. Laumann.

L'ombre de ma fleur préférée
Monte, quand le soleil descend,
Marche à marche, jusqu'à l'entrée
De sa chambre au seuil innocent.

Elle atteint le soir, ô merveille,
Les franges de son oreiller !
Sa servante, qui la surveille,
Cherche en vain à la balayer !

Le soleil disparaît à peine
Que l'ombre de ma fleur se fond...
Verrais-je enfin, la nuit prochaine,
Ce que les étoiles en font !

SUR LES BRANCHES D'UN ÉVENTAIL

Cet éventail, peint en mémoire
D'un bonheur déjà si lointain,
Est fait de huit branches d'ivoire
Que réunit un clair satin ;

Aux plis de l'étoffe se noie
La vaine histoire de nos cœurs ;
Le crépuscule de la joie
S'y marie à l'aube des pleurs !

Dans l'ivoire de chaque branche
Un tanka pour vous est inscrit ;
Chacun s'ajoute ou se retranche
Au gré du geste ou de l'esprit !

J'en ai gravé les vers sans ordre
Au hasard de l'heure et suivant
Le plus ou moins de hâte à mordre
Mise par le burin rêvant !....

Disciples de ma fantaisie,
Ces poèmes capricieux
N'ont d'autre ambition choisie
Que celle d'amuser vos yeux.

Le seul vœu que j'ose encor faire
Est que vous les ayez tous lus,
D'un front plus distrait que sévère,
Avant que l'été ne soit plus ;

Car adieu la fraîcheur factice
D'un éventail quand la saison
De la bise âpre du solstice
Vous apportera son frisson !

Sur l'or des nattes endormie,
Bercée à la plainte du soir,
Vous l'oublierez chez quelque amie
Ou dans le fond d'un vieux tiroir ;

Si bien qu'au jour du chrysanthème,
Doux prélude à l'hiver chenu,
Vous ne saurez déjà plus même
Ce qu'il peut être devenu !...

Tankas.

Par miséricorde
Pour les fleurs de mon vieux puits,
Le soleil m'accorde
De n'avoir plus soif depuis
Qu'un rosier grimpe à sa corde !

***

Geisha dont j'entends
S'enfuir au froid des allées
Les dédains chantants,
Crois-moi : les larmes gelées
Fondront avec le printemps !

***

Démon, femme ou pire,
Qui ris en voyant les pleurs
De mon dur martyre,
Prends garde car si j'en meurs
Tu ne pourras plus en rire !

***

Orgueil féminin,
Inspire un seul vers qui dure
A mon amour vain :
Le néant miniature
Peut s'orner d'un cyprès nain !

*
* *

Tel, par imposture,
Le merle, au soir d'un beau jour,
Sifflant la nature,
J'aime, en raillant mon amour,
Me venger de ce qu'il dure !

*
* *

Qu'un plateau laqué
M'apporte tes flots de joie,
Merveilleux saké,
Pour que sans retard j'y noie
Quelque sanglot démasqué :

*
* *

Qui, d'une main pure
Et sublime de douceur,
Me viendra, plus sûre
Que ne serait une sœur,
Panser ma pauvre blessure !

*
* *

Voluptés, vains jeux,
Monte, ô mon âme, au ciel rose,
Fût-il nuageux !
Le héron, dès qu'il se pose,
N'est plus qu'un flocon neigeux!...

LES GRAINS DU COLLIER

(Haikais)

A Pierre Dufay.

Roule, perle ou grain !...
Mais le fil de la pensée
Reste dans l'écrin !...

⁂

Même improvisée,
Tu contiens tout l'arc-en-ciel,
Goutte de rosée !

⁂

Butine le fiel...
Ta ruche au labeur qui chante
En fera du miel !...

*
* *

Etoile filante,
Fleur qu'un jardinier pressé
Dans la nuit transplante !

*
* *

Assez grimacé,
Miroir où plus rien ne brille
Du printemps passé !...

*
* *

L'immonde chenille
Devient un jour papillon...
Espère, ô guenille !

*
* *

Seul en ton sillon,
Malgré l'âne prêt à braire,
Chante, obscur grillon !

*
* *

Tourne dans ta sphère,
Poisson rond du bocal rond,
Songe-creux, mon frère !...

*
* *

Penche, sur le prompt
Eclair des mots pris au piège,
L'éclair de ton front !

*
* *

O Fouji, que n'ai-je,
Pour coiffer ma tête en feu,
Ton chapeau de neige !

*
* *

Amour, oiseau bleu
Dont nos cœurs bercent la cage
Au bout d'un cheveu !

*
* *

Papillon, message
Que chaque fleur, en tremblant,
Déchiffre au passage!

*
* *

Lune, ô disque blanc,
Quel rêveur te tient en laisse,
Tel un cerf-volant ?

*
* *

Cœurs que l'amour blesse,
Délaissez l'amour avant
Qu'il ne vous délaisse !

*
* *

Qui frappe à l'auvent
Et gémit dans la nuit vaine ?...
La gloire ou le vent ?...

⁂

Jonque, errante graine,
Largue au ciel ta floraison,
Voile souveraine !

⁂

L'exquise prison,
Dont quatre murs de glycine
Ferment l'horizon !

⁂

Geishâ, ma voisine,
Aimer, c'est cueillir la fleur
Avec sa racine !

⁂

Grise-toi, mon cœur,
Moins d'éloge que de blâme,
Suprême liqueur !

⁂

Feux follets, chère âme...
Jette aux cendres ces haikais,
Débris de ma flamme !...

⁂

Serments et caquets,
Morne rhétorique usée,
Perche à perroquets !...

⁂

Dernière fusée...
Joie est morte sans chagrin
De s'être amusée...

Roule, perle ou grain !...
Mais le fil de la pensée
Reste dans l'écrin !

HALTE AU BORD DE LA SOURCE

A Adrien Sporck

Pure dans l'éternelle attente
D'un mirage révélateur,
La source, dont l'eau miroitante
Fait honte au trouble de mon cœur,

A travers l'image fidèle
D'un saule à jamais attaché
Au tertre fertile issu d'elle,
Nimbe d'azur mon front penché !

Mais lorsqu'en un remous d'espace
Qu'étoile un sable d'or du fond
S'y mêle un nuage qui passe,
Lourd de vains désirs qui s'en vont,

Je songe, le sac à l'épaule
Aussi pesant qu'un repentir,
Tel le nuage ou tel le saule,
Dois-je rester ou bien partir ?...

III

SOUS LE SIGNE DE HAFIZ

« Que de savants te disent mys-
« tique, divin Hafiz, parce que
« tes mots sont trop purs pour
« qu'ils en comprennent tout
« le sens !... »

Goethe (Le Livre de Hafiz)

EST-CE UN POÈME, ODE OU GHAZEL ?...

A Raymond de la Tailhède.

Est-ce un poème, ode ou ghazel,
Qu'en sa ronde crépusculaire
L'hirondelle, pour nous complaire,
Brode en noir sur le bleu du ciel ?

Est-ce un chant providentiel
Pour guider l'amour lorsqu'il erre
Que Bulbul, oiseau tutélaire,
Improvise au bois irréel ?

Qui saura jamais, chants et rimes,
Tels ces couples d'oiseaux sublimes
Accordant leur gamme et leur vol,

Unir, pour une œuvre immortelle,
La musique du rossignol
Au poème de l'hirondelle ?

O CONTRASTE ADMIRABLE A VOIR...

O contraste admirable à voir :
Un cyprès que frôlait ta hanche,
D'autant plus gracieuse et blanche
Qu'il se montrait rigide et noir,

Me révéla ton charme un soir !
Bulbul, qui vers l'amour se penche,
Du haut d'une invisible branche
Sur nous laissait des perles choir !

Et sentant frémir ton corps chaste
Je songeais à l'autre contraste,
Propre à nous métamorphoser,

Que ferait, dans l'ombre alourdie,
Après l'ardente mélodie,
Le long silence d'un baiser...

SI TU LE VEUX, PARTONS ENSEMBLE...

Si tu le veux, partons ensemble :
Errer, tel sera notre lot !
Sus ! caravane au clair grelot !
Cheval arabe trottant l'amble !

Avion même — que t'en semble ? —
Tel un hippogriffe au galop
Survolant désert, ville et flot,
Du Cap à la Nouvelle-Zemble !

Raki, mastic, choumchoum, saké !
Joie au radoub, ivresse à quai !
Oh ! loin du poison sédentaire,

Fuir à deux, vers des cieux meilleurs,
Le passé d'hier qu'on enterre
Et ne se griser que d'Ailleurs !...

AILLEURS C'EST L'AURORE QUI S'OUVRE...

Ailleurs c'est l'aurore qui s'ouvre
Tel un éventail sous les doigts !
C'est l'inconnu des nouveaux toits
Qu'à chaque horizon l'on découvre !

C'est vingt palmiers toisant un rouvre,
Aux parcs des vizirs ou des rois,
Et plus fiers de leurs grands fûts droits
Que la colonnade du Louvre !

Ailleurs c'est pouvoir, sans drogmans,
Déchiffrer d'éternels serments
Dans l'œil trompeur d'un beau visage ;

Puis rejoindre un nouveau pays
Pour s'y libérer, au passage,
De la peur de les voir trahis !

POURQUOI PHILOSOPHER...

Pourquoi philosopher, perfide,
Au lieu de vivre le roman
Dont nul abraxas ou firman
N'entrave la marche impavide ?

J'ai là grand soin d'un cahier vide
Dont, loin d'Ormazd et d'Ahriman,
Je veux t'offrir, blanc talisman,
Le papier vierge d'encre avide !

Si je m'enfuis, le cœur tordu
Par tes arguments de vertu,
Orne-le de ce titre immense

Qu'en un jour d'orgueil illustra
Le génie en mal de démence :
« *Ainsi parlait Zarathustra.* »

AINSI PARLAIT ZARATHUSTRA...

Ainsi parlait Zarathustra
Epris de grandeur surhumaine !...
Mais en un plus réel domaine
Dont hier sa voix me frustra,

Tel un tapis de Boukhara
Que l'on déroule à deux sans peine,
Court le sentier qui nous ramène
Où l'amour seul nous suffira !

Qu'importe ou non s'il participe
Du bon ou du mauvais principe :
Marchons à l'ombre des cyprès

Où, tout en errant sur des pointes,
Nous disserterons de si près
Que nos lèvres en seront jointes !

ET POURTANT, O PHILOSOPHIE...

Et pourtant, ô philosophie,
J'adore le vin généreux
Qui gonfle tes raisins nombreux
Pendus aux pampres de la vie !

Mais d'en cueillir je fuis l'envie
Depuis qu'au divan tiède et creux,
Doux appel d'un corps amoureux,
L'autre vendange me convie !

J'y risque, pour un court frisson,
Et tes raisins et ma raison,
D'ailleurs inaptes à conclure !...

Mais pourvu qu'ivre d'un beau vers
Je m'endorme en sa chevelure
Adieu l'infini que j'y perds !...

PRENDS-LE, CET AMOUR, ME DIS-TU...

« Prends-le, cet amour, me dis-tu,
Prends-le de force à ma faiblesse !
Vainqueur, achève, puis délaisse
Ta victime au sang répandu ! »

— « Non ! répondis-je à ta vertu,
Je dédaigne l'amour qui blesse
Et qu'un fou brutal, sans noblesse,
Emporte avant qu'il lui soit dû !

Car le séducteur en délire
— Dois-je le plaindre ou bien en rire ? —
Me rappelle, au suprême instant

De la passion qui déferle,
L'oiseleur stupide abattant
Un arbre pour y prendre un merle !... »

L'ART GREC A DU PÉTRIR LES FLANCS...

L'art grec a dû pétrir les flancs
De cette urne dont la substance,
Frémissante de vie intense,
Déborde de captifs élans !

Nymphes et faunes turbulents,
Au divin rythme de la danse,
Y développent en cadence
La bacchanale aux jeux troublants !

Si je meurs de tes baisers tendres
Je veux que l'on réduise en cendres
A la fois mon cœur et mon front

Et qu'à cette urne on les confie :
Mes cendres y continueront
A se réjouir de la vie !

QU'ON SOIT TURQUE,
FRANQUE OU PERSANE...

A Hugues Delorme.

Qu'on soit turque, franque ou persane
Ne trouble point mon jugement,
Me dit-elle au meilleur moment ;
Mais peut-on être courtisane ?..

Qu'on préfère au vin la tisane
Ou son époux à son amant
S'explique encore honnêtement...
Mais vendre l'amour, chose insane !...

La femme qu'on se montre au doigt
Ignore certes ce que doit
Valoir l'or de son marchandage !

Aura-t-il jamais la vertu
De lui donner mieux en partage
Que cet amour qu'elle a vendu ?...

CINQ SENS EN MÊME TEMPS, NATURE...

Cinq sens en même temps, Nature,
Font errer mon cœur plein d'amour !
Accorde-les moi tour-à-tour
Chacun pour que je m'en sature !

Quand son chant divin me capture
J'aime à fermer les yeux au jour ;
Mais silence aux voix d'alentour
Dès qu'elle entr'ouvre sa ceinture !...

Et je comprends le désir qu'a
Parfois l'amant de Suleikha
De se voiler d'un cachemire ;

Car il ne souhaite rien tant,
Sauf être sourd lorsqu'il l'admire,
Qu'être aveugle quand il l'entend !

IL PLANE SUR NOTRE JARDIN...

Il plane sur notre jardin
Tant de lune, tant de silence,
Que je crois à l'invraisemblance
Des noirs présages du destin !

De peur d'en réveiller, soudain,
L'âpre et cruelle virulence,
Conserve haute et droite l'anse
De l'urne où dort le ciel hautain...

Contournons les bosquets étranges :
Rien qu'à frôler le bleu des franges
Que dessinent les cyprès longs

Sur les sables d'ocre sereine,
Il me semble que nous foulons
La robe de la nuit qui traîne...

LA NUIT SEMBLE N'AVOIR DURÉ...

La nuit semble n'avoir duré
Que le temps d'un saut de cigale !
Maudite soit l'hémérocalle,
Belle d'un jour prématuré !

Maudit soit l'horizon doré
D'où notre ardeur, que rien n'égale,
Ne peut renvoyer au Bengale
L'aurore de l'adieu juré !

Mais hélas ! Trêve de blasphèmes !
Ne nous en prenons qu'à nous-mêmes
De la force de notre amour

Et du poids de notre martyre :
Ce n'est pas la faute du jour
Si nous avons tant à nous dire !...

OH! RETIENS-MOI DANS TA PRISON...

Oh ! retiens-moi dans ta prison !...
Car la prison de ta magie
M'affranchit d'une nostalgie
Etrange à l'éternel frisson !...

En vain, par delà l'horizon,
D'une ardeur jamais assagie
Et par un sort fatal régie
J'en poursuis l'âpre guérison !...

Vers cet insaisissable leurre,
Plus nomade que l'astre et l'heure,
J'ai beau marcher des nuits, des jours...

Tour à tour sombre, pourpre ou blême,
L'horizon recule toujours
Et mon mal est toujours le même !...

LE PREMIER JOUR QU'A TON RIDEAU...

Le premier jour qu'à ton rideau
Je vis, dès l'aube délicate,
S'orner de perles de Mascate
Le panache de ton jet d'eau,

Te laissant mon cœur en cadeau,
J'allai sur la tombe d'agate
Du poète en graver la date
Avec un nombre en ex-voto !

Voici vingt soirs que ma sandale
Atteignit la cité natale
De Hafiz, chanteur surhumain,

Et mon double amour qui succombe
S'en tient encore au seul chemin
Qui va de ta couche à sa tombe !

RENAIS, HAFIZ, POUR ALLÉGER...

Renais, Hafiz, pour alléger
La gravité de ma harangue !
Toi dont la verve roule et tangue
Depuis Chiraz jusqu'en Alger,

Inspire-moi, pâle étranger
Qu'un fol amour tient en sa cangue
Et dont le désespoir exsangue
Se ronge au lieu de vendanger !

Dis-moi qu'en dépit du Non-Être
Rien ne sombre que pour renaître,
Témoin ce rosier plein d'oiseaux

Dont la souche téméraire ose
Se nourrir du suc de tes os :
Ton sang rougit sa moindre rose !...

TON SANG ROUGIT LA MOINDRE ROSE...

Ton sang rougit la moindre rose
Au rosier qui fleurit si beau
A l'ombre de ton cher tombeau,
Hafiz, foyer de vie enclose !

Tu guérirais de sa morose
Mélancolie, ô pur flambeau,
L'amant n'ayant plus qu'un lambeau
D'espoir pour nourrir sa névrose !

Moi-même je n'écris ces vers
Que grâce aux fleurs des rameaux verts
Issus de ta sève sacrée !

Roses, couronnez mes efforts :
L'œuvre d'art n'est jamais créée
Qu'avec 'assentiment des morts !..

IV

SILENCIEUSEMENT

SILENCIEUSEMENT

A Toi.

Aux arbres muets se balance
Le crépuscule d'un beau jour ;
Il nous semble, dans le silence,
Que s'éternise notre amour !

Evoquons du sommeil des choses
Où s'élaborent nos destins,
Lente refloraison de roses,
La volupté des soirs éteints !

Evoquons du bonheur qui règne
En la clarté de tes yeux purs,
Pour qu'un bonheur plus grand t'étreigne,
La volupté des soirs futurs !

Dans l'ombre où, du silence, émerge
Le frisson dont s'émeut ton cœur,
L'amour fécond à l'amour vierge
Se révèle à jamais vainqueur !

D'autres, doutant de l'heure brève,
Sont disparus ; d'autres que nous ;
D'autres que toi, pâle en ton rêve,
Et que moi pâle à tes genoux,

Se sont aimés, dans la caresse
Suprême d'un murmure enfui :
La musique de leur ivresse
Est le silence d'aujourd'hui !

Et trompant la hâte de l'heure
D'autres toujours, comme eux jadis,
Couples dans l'ombre où nous effleure
Le présent dont tu resplendis,

Poursuivront l'amoureuse phrase
Suspendue aux fleurs du chemin
Et retrouveront notre extase
Dans le silence de demain !

De peur que notre amour ne saigne
Pour tous les cœurs anciens brisés,
Aimons avant que ne s'éteigne
Le feu de nos premiers baisers !

Aimons puisque l'ardente flamme,
Divine couronne à ton front,
Inspire l'aurore, en notre âme,
Des amours qui nous survivront !

O silence, où tout recommence,
Eternise l'instant béni !
Fruit d'amour, amour en semence,
Notre bonheur est infini !...

TABLE DES MATIÈRES

I. SOUS LE MASQUE DE LOU-TE-SSEU

II. PETITS POÈMES DU SOLEIL LEVANT

III. SOUS LE SIGNE DE HAFIZ

IV. SILENCIEUSEMENT

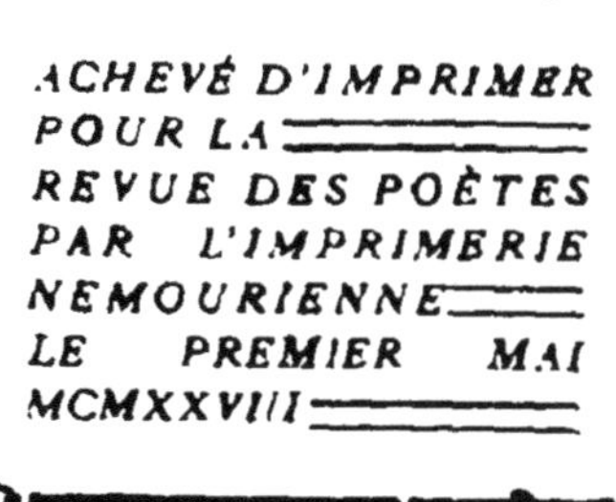
ACHEVÉ D'IMPRIMER
POUR LA
REVUE DES POÈTES
PAR L'IMPRIMERIE
NEMOURIENNE
LE PREMIER MAI
MCMXXVIII

Editions de la “*Revue des Poètes*”

35, Quai des Grands-Augustins, Paris VIe

U.-V. Chatelain, lauréat de l'Académie française

Le Double Destin . . . . 7 fr.

Marie-Louise Dromart :

Le Front Voilé. . . . . 10 fr.

Les Feuilles tombent. . . . . 7 fr.

Le Bel Été, ouvrage couronné par l'Académie française . . . . 7 fr.

André Dumas, lauréat de l'Académie française.

A Propos..., poèmes dits et à dire 8 fr.

Madeleine Merens-Melmer :

Sous l'Auvent, ouvrage couronné par l'Académie française . . . 7 fr.

Sous le Signe de la Musique . 7 fr.

Henry Muchart :

Le Miel Sauvage, ouvrage couronné par l'Académie française. 10 fr.

Hélène Séguin, lauréat de l'Académie française.

Le Miroir de Clélie . . . . . 7 fr. 50

Gustave Zidler :

La Gloire Nuptiale, ouvrage couronné par l'Académie française 9 fr.

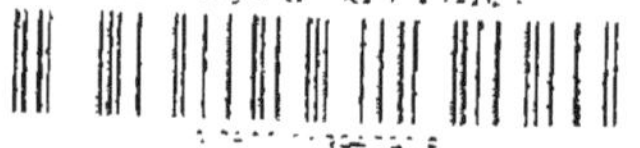

www.ingramcontent.com/pod-product-compliance
Ingram Content Group UK Ltd.
Pitfield, Milton Keynes, MK11 3LW, UK
UKHW022121260726
13993UKWH00003B/1146